魚道

作者◎賴小禾　繪圖◎蔡嘉驊

推薦序

故鄉，總是醒在遙遠的國境

許建崑

是什麼原因，讓人們離鄉背井來到了陌生地？又什麼緣故，讓人特別記起故鄉的美好？是什麼原因讓《海角七號》裡的阿嘉憤恨砸碎吉他，重返國境之南？又什麼原因讓本書的作者賴小禾寫下《魚道》，如魚一般，尋找返鄉之道，回到先祖的懷抱？

對少年朋友而言，心中總有雄心壯志，如果能到大都市發展，創造一番事業，是多麼光彩的事！可怎麼知道時間無情，還淪陷在參加聯考或者謀職口試的噩夢裡，在床上翻轉個身子，驚覺已經過了好多好多年，當過草莓族、啃老族、月光族、御宅族，最後夾雜著酸甜苦辣的汗水，在暗黑的被窩裡想起了故鄉。

從書名便可以知道賴小禾寫作的企圖。當鬼勾子魚離開母親的河流，游向大海，就已經注定了回返原生地艱苦的旅程。儘管滄海變桑田，河川奪襲改道，加上工業、養豬業的汙染，早已成為死河，無法溯溪洄游。

然而，故事中的爸爸趁著職務調動，把一家大小帶回了南部老家。對阿藝而言，會在台北的公寓頂樓種上一十八盒保麗龍的菜」，那是暗戀著家鄉的土地。她年輕時，因為追求愛情，跟著阿公私奔到台北，長久遠離。現在可以重返家園，去探視很老很老的母親，多麼讓人欣羨！

媛品和弟弟奇洛，看似返鄉居住最無辜的兩人。然而，他們交了新朋友，也體會了城鄉差距。習慣都市生活的媽媽是甘草人物，在法院上班的爸爸，則是個有理想、有遠見的知識分子。放假時還擔任河川巡守隊的義工，帶著孩子在溪底放置大石塊好減緩水流速度，形成「魚道」，幫助鬼勾子魚們逆游返鄉。

從故事內容來看，賴小禾企圖形塑南方的故鄉，舉凡鄉民互動、市場喧雜、鄉音旋繞，以及文化節慶的熱鬧景象，都栩栩如生的出現在文中。作者透過觀察、思考與書寫，完成了一條「回返故鄉」的道路，未嘗不是向自己的童年告別。尤其文末，作者透過媛品口中悠悠唱著葉俊麟《孤女的願望》，歌聲繚繞，瓊音不歇。

不過，最令人佩服的，卻是作者能操持現代孩童語言，跳TONE的思維方式，貼近孩子的心情。遊興正旺的孩子，其實可以從閱讀中，埋下「懷鄉」的種子，在日後生根發芽茁壯。

自序

生命是不斷連結的歷程

賴小禾

十幾歲的你，是否覺得自己有一卡車超載的煩惱，但身邊充斥一堆嘮叨多事的大人，卻沒能真正幫助你；要不就是一群忙碌冷漠的大人，卻沒有人能夠聽懂你？是否覺得家人雖然近在眼前，卻又遙遠得不得了，和自己一點關係都沒有？

但是，你可以不用這樣過日子。

試試看，和兄弟姊妹一起吃飯或走路的時候，可以開口講一、兩句話；眼睛在盯上手機或電視螢幕之前，可以轉頭看看爸爸媽媽在做些什麼；在把兩隻耳朵埋進耳機之前，不妨聽聽身旁的人在說什麼；腦海裡盤據著聲光炫麗的線上遊戲畫面時，不要忘了遠方甚至連電腦開機也不會的阿公阿嬤，也許他們願意把精采的人生與故事透露給你。

也許剛開始你只是好奇，只是打發時間，那也無妨，但需要一點耐心。

年輕的你，面對的是超光速時代，迎面龐雜的資訊，有時會使你輕易拋下過去，或拋下與過去產生連結的可能。但愈能深究前人及身旁的人，愈能累積生命的厚度與深度，你會發現自己是處在某種關係脈絡中，不會是一個人。我相信，捉住過去的吉光片羽，多關心過去，會有更多的勇氣和信心面對未來。

透過這個故事，我幾乎是想捧著一些我撈起的、過去的一點東西，交到即將擁有未來的你的手心裡。

但即使是我，光是復原過去事物的一點點面貌，仍是困難重重。值得慶幸的是，總是有人、有工具適時適地出現來幫助我，例如把人生情節借我使用的親朋好友，例如網際網路，這些都再次驗證了「連結」的威力與重要性。

在此，我要感謝師範大學環境教育研究所汪靜明教授、博士班徐健倫先生、「悠游台灣鐵道」網站廖健峻站長，因為你們的熱心協助，我才能順利完成這個故事。

最後，謝謝幼獅少年前總編輯孫小英小姐、前主編吳金蘭小姐與劉詩媛小姐、前編輯洪敏齡小姐，現在的主編林泊瑜小姐、編輯黃淨閔小姐，謝謝你們和我的連結，真的。

1

「爸，我們家欠別人很多錢嗎？還是你在辦公室鬧了什麼醜聞？我同學說他爸告訴他，我們一定是因為要躲債或分財產，才會回來這裡！」晚餐餐桌上，一向口無遮攔的弟弟這麼抱怨。

這是對於我們此次搬家，目前為止聽到最勁爆的評論了。

從台北搬來這裡，是一件奇怪的事吧？我想。

這裡就是甲埔。雲林縣甲埔鄉。在我升國一前的暑假，全家搬了回來。

說是「搬回來」也很奇怪，因為在這之前，老爸、老媽、我和我弟當中，並沒有人在這裡住過。

只有阿嬤是甲埔人，她在這裡出生、長大；可是也在十五、十六歲時就搬去台北。她今年六十七歲，如此算來，真正住在甲埔的時間也不長。

之所以會如此，一切都是我爸惹的啦！他在法院上班，好像規定幾年就得輪調一次；而且阿嬤年紀也大了，爸爸希望讓她回老家住一段時間。剛好嘉義這裡的法院有職缺，雲林到嘉義又很方便，所以和家人溝通過幾次後，他就申請調到這裡，我們全家也就跟著搬過來。

說起搬家好像很容易，住到這裡，我才發現自己有很多地方都不習慣。

比方像說話，就和台北不太一樣。即使大家都說國語，我仍常常被同學「提醒」說話「怪怪的」；更別提閩南語了。

而且，我後來才知道，我的姓可以用來罵人，這使得我幾乎喪失發脾氣的權利，否則就是名符其實的「張小姐」（閩南語

「張」的發音，初聽之下，音似指人「愛耍脾氣、難伺候」）。

不過，我們班上有個從簡厝村來的同學，說實話，他比我還衰（「簡」的閩南語發音和髒話相近）。

還有，這裡的電話號碼是7碼，我到現在老是忘記；每次寫完家裡電話後，總覺得好像少了一個數字。

至於新同學們，對於我以前的「台北人」身分很好奇。整理他們曾提出的各式各樣問題，可以歸納住在台北的我一定：一、常去百貨公司和一〇一大樓；二、很有錢，坐轎車、住大廈；三、常目睹發生流血衝突的街頭遊行。此外，還有一個假設更教人啼笑皆非：四、經常親眼看到偶像藝人！

當我搖搖頭，解釋這些事情很少發生在我身上，答案是「以上皆非」時，大家都會露出一種「怎麼可能」的詫異表情。

但是在我家，還有一個人比我更不習慣鄉村生活，那就是我媽。

以前她是個購物女王，但在這裡，菜市場早上五點即人聲鼎沸，晚上九點後，街上即一片漆黑。每逢星期二晚上，媽祖廟埕前有夜市，但沒有東西她看得上眼；也就是說，她空有一身血拚本領，卻毫無用武之地。

「太陽大，蚊子多，沒有天然瓦斯；地方大，卻哪裡也去不了」是她抱怨時常用的幾個關鍵詞。

照理說，阿嬤應該是最快樂的人，畢竟我們搬家有大半理由是因為她。

但事實並非如此！

她是那種一說到「阿嬤」，百分之九十的人腦海中，會自動浮現老人家肖像的那種標準阿嬤——話少、脾氣好、長相平凡；

不管你問她什麼，她通常都會說好，或者點頭示意的老婆婆。

她唯一的嗜好是在公寓頂樓種菜，最高紀錄是種了十八盒保麗龍的菜。但這實在不是什麼了不起的成就。

說來不應該，但阿嬤真的很容易被人家當成空氣，忘記她的存在。有一次我開玩笑跟老爸說，阿嬤真的很沒有存在感，沒想到他也點頭同意，還附加一句：「十年前妳阿公過世後，我就覺得她變得更『透明』了。」

但阿嬤最近有點怪怪的，應該說是不太高興吧！例如昨天晚上，我聽到她向噓寒問暖的老爸大聲說：「早就跟你說過不要調

回來，你就是不聽。我在台北住得好好的……」

我爸訕訕笑著，走出阿嬤的房間。我假裝正好路過，快步低頭走人，不敢讓他看到我有點不以為然的表情。

拜託，阿嬤，妳知不知道，我們全家可是為了妳才搬回來的耶！

在我看來，至少到現在為止，回甲埔住的意義對阿嬤來說，只是方便她常常去看阿祖——也就是她的媽媽啦！

為此，老爸還訂了一個獎勵規則：只要我或我弟陪阿嬤去阿祖家，就可以記點一次；累積五點即能租一本老爸說可以看的漫

畫。

因此，每次看到阿嬤進廚房時，我和老弟就會搶著陪阿嬤去看阿祖。阿嬤做的多半是豆漿或稀飯之類的食物，因為阿祖已經高齡九十好幾，牙齒沒剩幾顆了。

其實我也不懂，讓阿嬤一個人走回老家，到底會有什麼危險？而且，回阿祖家的路也滿無聊的，就算我閉上眼睛都能走到——出門左轉，到農會後右轉直走，再左轉過平交道……約莫十分鐘的路程，就會到舅公家的老三合院。就像不斷重播的老唱片般，一跨進阿祖的房間，阿嬤就會提高音量說：「阿母，我轉來

（閩南語「回來」之意）啦！」

然後，快沒牙齒的阿祖會抬起頭來，興高采烈的說：「阿足，妳好多年未從台北轉來了。」

我每次都在心裡默想：阿嬤已經來過不知道幾次了，阿祖還是會說這句話；但阿嬤從來沒有糾正她，我也只好閉嘴。

她們有時在房裡坐著，有時則在走廊坐著，要不阿嬤偶爾會扶著阿祖，到外面走一圈。如果是後者，我通常會藉口要看電視，避免跟著她們；因為這兩位加起來超過一百五十歲的女士，走路速度不是普通的慢，如果在高速公路，保證回堵五公里以

上！

更丟臉的是，跟著她們，每隔幾分鐘，一跛一跛的阿祖就會停下來，困難的轉身問我：「阿……『鹽瓶』，妳呷飽沒？」不管我扯開喉嚨回答幾十次已經吃飽，而且很飽、很飽，重聽又健忘的她仍會一再詢問。

這就算了，當我們要回去時，阿祖還會對著我說：「『擠肉』，你要穿乎燒燒（「穿得暖暖」之意）喔！」

對啦、對啦！媛品（鹽瓶）是我，奇洛（擠肉）是我弟，阿祖從來沒搞清楚過我們誰是誰。

我猜阿祖活了將近一世紀，除了吃飽穿暖，再沒有什麼事情好煩惱……真是快樂得不得了的人生啊！

這齣每隔兩、三天就要上演一次的母女重逢戲碼非常沉悶，我常忍不住幻想：以後我搞不好會上一所很遠、很遠的高中，久久才能回家一次；當我背著行囊長途跋涉後跨進家門，我也會既感性又堅強的哽咽著：「爸、媽，我轉來啦……」

這種場面才動人，不是嗎？

在這裡，小孩子放學後騎腳踏車出門閒晃是理所當然的事，大人很少會阻止你。

可能是要去的地方離家有點距離，也沒有什麼方便的公車可搭，大馬路上又空蕩蕩的（和老是塞車的台北大不相同）……總之，牽出腳踏車，跨上去，騎出去就對了！

這裡有一條腳踏車專用道，它穿過甲埔的內甲溪堤防。傍晚時，我和我弟會跟老爸去那裡騎腳踏車；如果媽媽那陣子覺得她胖了一點，可能也會跟我們一起去。

堤防又寬又直，可以盡情飆車。我還學會一項絕技：張開雙臂，猛踩踏板，邊注意別讓自己掉下堤防，邊張嘴「吃」迎面吹來的風……那種感覺非常刺激！

不想騎腳踏車時，也可以隨興的將它停在一旁（反正沒人會偷），從堤防步行下去，走到河岸即可看到臨時菜園及農作物，還有一些據老爸說很特別、稀有的溼地動植物。

沿著河邊散步，除了要小心不知何時會鑽出來的小蟲或青蛙之外，還得忍受老爸常碎碎念著「誰亂丟垃圾？」、「這裡怎麼會有酒瓶？」等話語；有時他看不下去，就會帶著我們動手撿拾。

「媛品，妳看得出來這條平靜的溪流，以前常在颱風天氾濫成災嗎？」某次老爸突然一本正經的說，害我亂不習慣的。

「唔……看不太出來耶！」

「以前妳阿嬤曾經告訴

我，她小時候親眼看過一個比她大的孩子，在颱風過後，大家爭著到暴漲溪水裡撿拾漂流木時，不小心被大水沖走！」他繼續說：「颱風天時溪水會暴漲，從上游挾帶大量土石、木材，流向下游，直到出海口。據說漂流木材質結實，當柴火可以燒得比較久。愈粗愈大的木頭會漂流在河中央，也就是水最深最急的地方，對搶拾木柴的小孩來說，這是最致命的誘惑。」

老爸頓了一下，接著看著我，緩緩的說：「現在大家已經不用再為洗澡或煮飯，冒生命危險去撿柴了……十幾年前，內甲溪的堤防蓋好後，也不必再擔心溪水氾濫的問題。」

我點點頭，小聲發問：「那……阿嬤眼睜睜看著那個小孩被沖走嗎？」我覺得這個故事好殘忍。

「當然啦！這裡又不是游泳池，妳以為岸上會站著兩名合格救生員嗎？」老爸看著自河岸起飛的一群水鳥，幽幽的說：「阿嬤活在一個有很多遺憾的年代呢！」

2

「阿嬤。」鑽進廚房喝水時，我叫了一聲正在爐前發呆的阿嬤。

「嫒品，妳放學啦！」阿嬤轉頭看見我，招呼了一聲。

「我等一下陪妳去看阿祖喔！」其實不用問也一定是我——從上星期開始，我弟參加學校的藝陣（傳統陣頭藝術，如舞龍、舞獅、跳鼓陣、宋江陣等陣頭表演），聽說午休和課間都在練習，放學後自然沒有體力和我競爭「陪阿嬤去看阿祖」的名額；

因此我已經快要可以看到最新的《航海王》漫畫單行本了，哈哈！

我順勢在餐桌旁坐下，隨口發問：「阿嬤，轉來甲埔不好嗎？」

「哎呀，要怎麼說好還是不好呢？」阿嬤猶豫了一下，接著嘆口氣，「這裡有阮出生、長大的厝。所有親戚朋友攏底加（閩南語，指「都在這裡」），總是有感情，會覺得親切；但是真的回來住在這裡，又有些怪怪的，不太習慣。這幾十年間，鄉下好像變很多！要怎麼說呢……好像，有些認不得了。要說進步嘛，又感覺變得荒涼了。」

我沉默不語，看著阿嬤望向窗外，叨叨絮絮的說：「以前有在耕作的土地，很多都荒廢了！妳看，像我們家周圍一大塊空地都是雜草……妳知道嗎？以前這邊是可以種水稻的頂級地呢！人看起來變多了，可是卻沒有幾個人在做工……」

「哎呀，時代在變嘛！下田本來就是很辛苦的事，哪還有那麼多人要做？再說，甲埔怎麼可能維持五十幾年前的樣子？台北在這五十年內，變化更大！」我小聲的說，其實台北變了多少，我也沒有概念，反正大家都這麼說，跟著說準沒錯。

「這樣說也對啦！」阿嬤仍然若有所思，喃喃的說：「說起來很奇怪，我也不是從來沒有回來過；可是我記得的甲埔，還是五十幾年前我離開時的樣子。就像做夢一樣，眼睛張開後，看到的又是那麼不一樣，老是接不起來，所以常常覺得很陌生、不太習慣啦！」

「阿嬤，為什麼阿祖老是說妳好多年沒回來了？」我們邊談天，邊踏上往阿祖家的路，我提著小鍋子，忍不住問起這件事。

「大概是因為我離開甲埔後，太少回來了吧！」一陣沉默之後，阿嬤終於再度開口，「要走的前一個晚上，直到時間很晚了，我才去我阿母的房間，向伊講的。」

我吃驚的問：「為什麼？」

「要是早點講，我一定走不成……我那時候，只是個還沒滿十六歲的女孩子啊！」

「阿嬤，妳那時候為什麼要離家？」十六歲耶，只比我現在大一點點，真是難以想像。

阿嬤猶豫了一下，開口回答：「嗯，阿嬤以前的家……很窮、很窮。認真說起來，當時大家都很窮吧！」

「多窮？」

「我們家沒有自己的田地，好幾代都只能受雇當人家的佃農（指租用田地從事生產的農民）；無論再怎麼認真努力，大部分的獲益都是別人的。我幾個哥哥陸續結婚，還生了好幾個小孩；自己都吃不飽了，根本顧不到我。」阿嬤嘆了口氣，「我一個沒讀幾年冊的女孩子，又沒什麼力氣，沒辦法靠父母和家裡，在這裡也找不到工作養活自己……」

「喔。」聽到這裡，我想到腦筋已經糊塗的阿祖，她永遠不會忘記那件最關心的事情——呷飽沒？

再度陷入沉默後，阿嬤似乎想起了什麼，平靜的說：「我是自己下定決心，偷偷離開家裡，和妳阿公去台北的。」

「啊？什麼？」我嚇了一跳，睜大眼睛說不出話來。

也就是說，阿嬤當年是和阿公私奔？我雖然對當時的社會風氣沒什麼概念，但是想也知道，一個十六歲的鄉下女孩子敢蹺家和男朋友跑到台北……有夠猛的！

「所以連阮（閩南語，指「我」）阿爸、哥哥和嫂嫂們，全都不知道。」阿嬤似乎又想起什麼，不好意思的說：「我去找阿母，一方面是要告訴她我要去台北，另一方面是……向她借錢。」

我屏氣凝神，靜待阿嬤繼續說下去，不敢打斷她難得的「告白」。

「那時候坐火車去台北要花一大筆錢，我還記得是二十九塊半。我偷偷省下一部分冰店的工錢，存了快半年，但還是不夠十四元；剩下的錢，是阮阿母那天晚上，在衣櫥的舊大衣口袋裡東翻西找，湊出來給我的。我第一次拿著這麼一大筆錢，但坐一趟火車去台北就全花光了。」阿嬤幽幽的說，有些不好意思，有些嘆息，散逸在迎面的微風中。

今天是星期天，我媽一早就興高采烈的出門了。今天是她考上駕照後第一次正式上路，目標是嘉義市的百貨公司。顯然這幾個月以來，電視購物和網路購物已不能滿足她。

在我和我弟都堅持真的有功課的情況下，老爸大概是因為不放心，所以心不甘情不願的跟著她出去了。

在阿嬤又要循慣例進入房間「搞自閉」之前，我抓住了她，「阿嬤，妳又要去聽那些賣藥的電台節目嗎？」

「我只有聽而已，又沒有買。」阿嬤委屈的辯解。

「跟我說說話嘛！總比對著收音機發呆好吧？」我面帶笑容

的說，其實我是對她那段驚天動地的私奔史感到好奇。「妳是怎麼認識阿公的？」我不管三七二十一，走進阿嬤的房間後就往床上一坐。

「啊……」阿嬤好像有點難為情，「妳小孩子問這些幹麼？」

「我不是小孩子了，我也快要可以自己坐火車去台北打拚了！」我不甘示弱的說，還不死心的繼續追問：「阿公家也很窮嗎？」

「比較好一點啦！但是也好不到哪裡去。他們家有一點點田地，但兄弟更多，所以有力氣也沒用，沒田可以做就等於吃空氣。他也是沒辦法才出外的，但是兄長們有幫他籌旅費；加上他有個堂兄已經在台北待一段時間了。」阿嬤突然笑了起來，「他的行李比我多一點。我只有帶一套衣服，其他什麼都沒

有，連一角回家的車錢都沒有；他還多帶了一雙白襪子和一隻嫂嫂給他做的滷雞腿呢！」

俗話說「打鐵趁熱」，我趕緊追問，「但是他們都不知道妳也要去，對不對？」

「……對啦！」阿嬤不好意思的承認了。

「你們到底是怎麼認識的嘛？」

聽到我追問戀愛史，阿嬤再度「閉俗」（閩南語「內向、害羞」之意）起來；在我不斷纏她之下，終於鬆口。

「我不是跟妳說有一陣子在冰店工作嗎？農忙的時候有刈

（「割取」之意）稻子等工作，所以大家雇了很多臨時工人到自家田地幫忙，除了午餐，下午還要準備涼水給做工的人當點心。妳阿公來店裡買過幾次放在點心裡的冰塊，我們就這樣……認識了。」

「那你們都去哪裡約會？」我猴急問道。

「唉，囝仔人有耳沒嘴，問那麼多幹麼！」顯然這已經超過阿嬤的尺度，一下子讓她臉紅起來。

「講一下又不會怎樣！」我還是死纏爛打。

「去看書啦！今天不用補習嗎？」阿嬤開始顧左右而言他。

「好嘛！」我還是不死心，把握機會，丟出今天的最後一個問題：「那他的雞腿總有分給妳吃吧？」

「……有啦！我們兩個推來推去推了老半天，還不小心掉到地上……」提起有趣往事，阿嬤忍不住笑了。看著她嬌羞甜蜜的模樣，這樣的阿嬤真讓我大開眼界。看來，阿嬤的年代真的有很多故事呢！

3

今天，是甲埔鄉舉辦第七屆「甲埔牛奶節」的日子。我弟和同學參加「超級乳牛嘉年華大賽」，比賽內容是五個人為一組，幫分配到的乳牛打扮，最後再請盛裝的乳牛一一出場「走台步」，讓評審打分數。

不知為什麼，我弟他超熱中的！一個星期前就和同學一起去觀察他們分配到的乳牛；後來還要求全家人都去看看，而且不厭其煩的向我們解說他們的構想……說真的，我是衝著農場老闆會

供應剛處裡好的鮮奶，讓大家無限暢飲才去的。

當我坐在農場舒適的會客室裡，正為喝到免費鮮奶而高興不已時，剛好看見通一公司的集乳車開進農場。我這才知道，原來聲名遠播的通一鮮奶，有一部分就是我們甲埔鄉這些「超級乳牛」無私貢獻的！

這樣一想，頓時覺得手中的鮮奶馬上變得身價非凡，和從超商冷凍櫃裡拿出來結帳的瓶裝鮮奶，就是不一樣！

正式比賽時，我弟他們那組負責妝扮的乳牛一出場，大家都忍不住笑倒在地——那頭乳牛戴上塑膠繩撕成細絲的彩色假髮，身上披著草裙，不停甩動的尾巴上，繫著兩個裝了碎石的鋁罐（那隻牛似乎很不習慣，一直想要甩掉尾巴上的異物，使得鋁罐「匡啷、匡啷」的響個不停）。

最勁爆的是，他們在乳牛的「G奶」上，套上對半剖開的椰子殼！我弟還向大家介紹：「這樣的妝扮，一方面是為了衛生，另一方面可以有現成的容器裝鮮奶喝！」這些話讓台下觀眾爆笑連連，紛紛喝采。

比賽結果出爐——我弟他們這一組，竟然得到「最佳環保創意獎」，真是跌破我的眼鏡！

「阿嬤，以前甲埔有乳牛嗎？」一陣笑鬧過後，我好奇的問阿嬤；剛才，我爸好不容易才說服她和這頭超級乳牛拍了一張合照。

阿嬤想了一下，緩緩的說：「我根本沒看過。這應該是最近二、三十年來才有的吧！我們以前不時興喝牛奶；牛雖然很多，但都是用來犁田的水牛或黃牛，沒有乳牛。」

正和阿嬤開心的聊天，遠遠的，我看見有一個人朝著我直揮手，還大喊：「張——媛——品！」

待對方走近一點，我才發現她是我的同學曾憶婷。那個超級

「追星族」！

「嘿！妳也來參加嘉年華喔？我以為妳們台北人不搞這一套……不像我們家，全部都跑來玩了！」憶婷大剌剌的抱怨著，完全不顧她的家人就在身旁；接著，她將我介紹給家人認識。

突然，憶婷的阿嬤雙眼發亮，對著我阿嬤大喊：「阿足？妳是阿足嗎？我是阿好啦！妳還記得我吧？我聽說妳和後生（閩南語「兒子」之意）、媳婦轉來了，可是不知你們現在住哪裡？」

不是阿足就是阿好，這種三〇年代的名字真是經典又有力啊！我「品味」著兩位阿嬤的名字，不禁偷笑。

曾家阿嬤熱情的說：「我們大概有三十年沒見到面了吧？妳還記得以前一起走路去上學的事嗎？……哎呀！妳孫女都這麼大啦？長得這麼好，還剛好和我們憶婷同班……」

對照她的熱情，我阿嬤卻害羞的低著頭，一副不知所措的樣子，「啊就……啊就……」

舞台那邊傳來一陣喧鬧的鑼鼓聲，曾家阿嬤接下來說了什麼，我們幾乎都聽不見；但她抓著阿嬤的手，似乎不想放開。臨走前，她還大聲的說：「阿足，妳一定要過來我家坐一下！一定喔！」

曾憶婷則看著我，嘆了口氣：「唉，我覺得這裡好無聊喔！還是偶像劇比較好看。妳知道棒棒堂今天在西門町辦歌友會嗎？我好想去喔！可是我爸媽都不讓我上台北……」

她又來了！我忍不住在心裡扮了一個鬼臉；幸好牛奶節活動已接近尾聲，所以沒聽幾句抱怨，我就正大光明的和她說掰掰——開溜去！

曾憶婷是班上跟我比較要好的同學之一。說也奇怪，雖然我們常常聊天，但好笑的是，其實我們沒有什麼共同的話題。

她的話很多、個性很八卦，但內容都跟生活周遭的人沒關係——基本上，她只關心偶像明星的動態。沒錯，她就是那個一開學便很無厘頭的問我，在台北是不是可以常常親眼看到偶像明星的人！

這大概是憶婷愛找我聊天的原因吧！在她的心目中，台北是

出產明星、眾星雲集，一不小心就會撞到偶像的地方；無論我怎麼解釋她的想像完全不切實際，她都不信。

憶婷最大的心願就是國中畢業前，可以去一次西門町、小巨蛋和威秀影城，只因為這些都是偶像明星時常出沒的地點！

這天下課，她又纏著我，要我放學後一定得去她家「欣賞」最近網購的飛輪海海報。「拜託嘛！一下下就好。海報那麼大張，我怕帶來學校會被老師看到；我有重要的事情要問妳。」

雖然興致缺缺，但我實在拗不過她，只好答應放學後去她家。

結果到她家一看，我差點沒昏倒——拜託！雖然飛輪海成員帥氣依舊，但那不過是一張背景模糊，夜幕中有各色燈光和勉強可以辨認出招牌字的街頭照片罷了！

她卻一口咬定那是台北某某大型購物中心；而且她已經在網路聊天室跟其他班同學打賭，保證會找一個「正港」台北人來鑑定。

「拜託，我怎麼可能知道呢？我又沒有去過那一帶。況且，這張海報這麼模糊，怎麼看得出來是哪裡？」我大聲抗議，覺得她真的走火入魔了。

「怎麼會？妳是台北人，應該知道才對……」憶婷仍舊不死心，試圖作垂死掙扎。

「我要回家了。」不管她失望、哀求的眼神，我堅持馬上走人；她也只得跟在身後，送我出去。

經過客廳時，憶婷的阿嬤正好走進門來，「咦，妳不是阿足的查某孫仔（閩南語是指「孫女」）嗎？憶婷，妳怎麼都沒有請同學坐？趕快去拿飲料……」

我趕緊推辭，「阿嬤，不用了，謝謝。我真的要回家了。」

「要回去啦？我一直想去看阿足，到現在都還沒時間去

呢……這麼剛好，不然我現在跟妳回去，免得走錯路、找錯間了。妳在這裡等一下，我去把憶婷的阿公叫回來。」沒等我表示任何意見，曾家阿嬤就匆匆忙忙的出去了。

不一會兒，憶婷的阿公回來了——他原先好像在隔壁聊天的樣子。阿嬤很快的交代他和憶婷電鍋要加水、在等誰的電話等等，就準備和我一起回家。

但阿公卻攔著我，問了一些回來多久、弟弟今年幾歲、爸爸做什麼工作之類的問題，還強調他和我阿公是穿同一條褲子長大的好兄弟！

「妳不知道妳阿嬤去台北的那個早上，整個甲埔中央市場有多轟動……」準備送我們出門的阿公突然冒出這句話，阿嬤馬上打斷他，「你這個老三八！都多久以前的事了？就不要再提了。媛品，我們走吧！」

我牽著腳踏車，和憶婷的阿嬤走在路上，氣氛有點尷尬。我想著阿公剛剛講的話，他應該沒有什麼惡意，可是曾經有過這麼轟動的往事，難怪我阿嬤回來之後有點社交恐懼……

「不要理她阿公那老猴！」憶婷的阿嬤好像看穿了我的心事，「我和妳阿嬤同年，是感情好到不能再好的姊妹！我們一起上小學，只是我念到三年級、妳阿嬤念到四年級，就都『提早畢業』了。算起來，她還比我多讀一年書呢！」

我點點頭，興致盎然的聽著。

「沒辦法啦！那個年頭，大家家裡都沒錢，我倆又是女孩子，有念過書就不錯了！」阿嬤爽朗的笑著，似乎對過去艱辛的日子不以為意。

看著憶婷阿嬤滿布皺紋的臉，我真是難以想像五十幾年前，她和阿嬤這對年輕姊妹花的樣子。她們會像我和憶婷一樣，在騎腳踏車上學的路上，如果看到對方在前面，就會偷偷跟上去，用

力踹對方的後座打招呼嗎？

「去死啦！人家正好想著我的吳尊，想得正專心呢！」記得有一次，被我成功嚇到的憶婷對著我大吼，而且破天荒的，一整天都沒有和我說過一句話。

不知不覺間，我和曾家阿嬤已走到我們家了。我打開門，深吸一口氣，用力的朝裡面大喊：「阿——嬤，有人來找妳哦——」

4

晚餐餐桌上，我爸喜孜孜的宣布：他的堤防單車之旅，有了重大收穫！

話說當他正沿著河邊撿拾垃圾時，有人過來跟他攀談，問他住哪裡、正在做什麼之類的問題；原來對方是河川巡守

隊的人，想邀請老爸加入，正式成為內甲溪河川巡守隊的一員。

「你們不要以為這沒什麼了不起。早些年，內甲溪沿岸盜採砂石嚴重，還被偷倒工業廢水，都是巡守隊的人勇敢出面，和惡勢力纏鬥，大力參與內甲溪整治工程，才讓河川保有現今的風貌！」我爸得意的說。

我腦海中勾勒出來的畫面卻是：一個新來的怪怪「歐吉桑」老是在河邊踱來踱去、喋喋不休，另一名怪怪的歐吉桑觀察了半天，確定不是流浪漢或拾荒者之後，上前攀談。一問之下，發現原來他們是同好，於是兩人快樂的在河邊踱來踱去、喋喋不休……

想到這畫面，我就忍不住吃吃的笑了起來。可是老爸卻因此更受鼓舞：「以後每個星期，我會抽兩天下午去巡河，你們誰要跟我去？」

「不行啦！我最近要加緊練藝陣，因為下下星期要去台南表

演。」我弟說。

我也趕緊搖搖頭，「先前就已經告訴你，我下個月開始上課後輔導，每星期還要抽出兩個晚上補習。」

「問都別問我。」我媽懶懶的看了我爸一眼。

阿嬤也難得表達意見，「阿興，你要去巡河是很好，但下過雨後河水可能會暴漲，自己要小心一點。」

老爸點點頭。

「……阿興，如果你最近有空，可以……載我到庄裡買些東西嗎？」過了一會兒，阿嬤遲疑的開口。

阿嬤要上街？我懷疑的看著她——這個回來三、四個月，除了回阿祖家和阿公老家祭祖之外便足不出戶的「大閨女」，主動要上街？

「我想把隔壁那塊空地整理一下，可以種些菜……」似乎感受到眾人吃驚的目光，阿嬤靦腆的喃喃解釋，「土地空在那裡很可惜……」

阿嬤又要種菜了！從台北公寓頂樓的

十八個保麗龍盒，到現在隔壁那塊沒人要的「頂級」荒地，阿嬤一定每天盯著那塊地，「技癢」很久了吧？

我緊盯著阿嬤，因為不知道為什麼，我總覺得，這個舉動除了代表她重新從事昔日活動之外，回來種菜和在台北公寓頂樓種菜，應該有些不同吧！

或許在異鄉種菜，是因為阿嬤想留住和土地的親密感；回到甲埔，她就像久未歸鄉的遊子，要

重新接觸這片既熟悉又陌生的家園，在欣喜中帶點惶惑不安……

「媽，妳不要太累了。這裡的蔬菜又新鮮又便宜，不用再自己種吧？」我媽拍拍阿嬤的手。

阿嬤卻搖頭婉拒，「我知道，但種菜一點都不累。」

「不然我開車帶妳出去走走吧？」我媽又說。

「要出去，你們年輕人出去就好了，我才剛剛回到這裡呢！」阿嬤露出有點害羞的表情，「再怎麼說，讓一塊地就這樣空著也可惜。以前怎麼做夢都沒有，現在好不容易有塊地，我又還算有用……」

「好吧！反正媛品和奇洛常常喊無聊，現在正好可以幫妳的忙。」天啊！我媽的腦筋也動得太快了，我和我弟來不及接招，只能用力瞪大眼，張口無言。

「看什麼看？這可是難得的經驗呢！如果你們在台北，一定無法體驗這種生活。」我媽用強力眼神，一步步說服我，「媛品，妳要帶著弟弟幫忙。別忘了，妳還欠我一個人情……」

沒錯，講到這個我就洩氣。只恨我一時心軟，介紹曾憶婷去問老媽關於飛輪海的海報在哪拍的問題；老媽順利解答後，憶婷就順理成章的把她當成權威人士——專門解答憶婷一心夢想的台北生活之種種問題。從此以後，她常常正大光明的和阿嬤「連袂」來我家，並帶來各種稀奇古怪的台北習題。

這些問題對我媽來講當然不難，只是有時她在忙，或是憶婷的問題實在太刁鑽，快把她考倒時，我媽就會邊講解邊瞪我。那種表情如果加上注釋，就是從牙縫裡擠出以下兩句話：「幹麼把我拖下水？妳給我記住！」

曾憶婷的問題真的不是只要住過台北的人就可以應付；除了得熟讀每日的影劇版、掌握明星動態、對生活資訊過目不忘，還要有超強的地理概念及若干推理能力。

舉例來說：某某明星下午三點在西門町某唱片行辦簽名會，下午四點多卻被狗仔拍到，在內湖某購物廣場和別人約會；這張照片應該是假的，對不對？

在我看來，從未踏上台北一步的憶婷，簡直比我媽還「思念」台北！

世事難料，為了滿足她對台北那濃得化不開的「鄉愁」，在老媽強勢主導的交換條件下，我只得淪為義務幫阿嬤種菜的苦力……唉！都怪我雞婆。

過沒幾天，阿嬤上街買農具——我真慶幸有陪她一起去。

所謂的「庄裡」，指的就是那兩、三條最熱鬧的街；即使慢步閒逛，不到五分鐘就可走完。但是那天，阿嬤、老爸和我足足走了一個多小時，都還沒走完！

你肯定無法想像，從那些老骨董似的商店——說難聽點，根本就是門窗隨時會坍塌的老房子裡，走出多少認識阿嬤的人。當然，大部分都是老掉牙的老公公或老婆婆。

「阿足，妳多少年沒回來甲埔走走啦？」（這是狀況外的。）

「阿足啊，妳回來這麼久，也沒有帶妳後生、查某孫仔來叫一下姨婆？」（這是狀況內的。）

「妳有空要常來市場走走喔！」（這是識相的。）

「想當年，我本來要幫妳作媒，嫁給我外甥阿財；誰知道被那個『大目仔』阿成早一步搶走了！」（這是不識相的。）

喔！阿成就是我阿公，我想，那位阿財八成也是好幾個小孩的阿公了吧！

「把這些龍眼拿回去吃啦！自己家後院長的。」（這是上道的。）

「妳這查某孫也十外歲（閩南語指「十幾歲」）了吧？什麼時候可以嫁人？」（這是不上道的。）

我正在考慮要以什麼方式對這位鄉親發難，一轉頭，竟看到阿嬤神祕兮兮的笑了。

「我以前吃頭路（閩南語指「工作」）的冰店，就是前面那

一家！」阿嬤偷偷的對我比了一下。

我看著那家已結束營業、克難而陰暗的小店，真希望可以還原五十多年前的場景。

十六歲的阿足小姐站在面向馬路的冰店裡，等著客人來買冰塊。那些客人包括剛才熱情和阿嬤打招呼的老公公、老婆婆（但年紀要再減五十歲才對）；還有一個小伙子，年紀輕輕卻有滿腹心事。他為了長大後反倒變成家人的負擔感到抱歉，因此計畫到傳說中充滿機會的台北掙口飯吃。

不僅如此，他還帶走同樣對家人充滿內疚的冰店小姐。

五十年後，阿足小姐雖然同樣忐忑，還是決定重回當年因自己閃電消失，而引起議論的甲埔——她就是我身邊的阿嬤呀！

我偷偷看著她，覺得這一切好特別、好戲劇性！

在阿嬤、我弟，尤其是我本人不辭辛勞的努力耕耘下，我們家的有機蔬果開始有了收成。

在我們再怎麼捧場也吃不完後，只得往外送：爸爸的同事、媽媽的朋友（不知道怎麼的，鄉下也「出產」這麼多購物狂）、阿公老家那些大概只有阿嬤搞得清楚的親戚、我們的鄰居、那些偶然出現在家裡而我卻不認識的人等，統統有份！

就像一場神祕遊戲，門外的腳踏車籃子裡、家門口、客廳桌上，也開始出現一條魚、一包花生、一個大西瓜等好料。

「這些東西來路不明，真的可以吃嗎？」剛開始，我媽半信半疑，不太敢放心吃。

如果不是在這裡住了一段時間，連我都忍不住要懷疑這些東西有沒有毒或什麼的；因為在台北十幾年來，我從來沒和左鄰右舍打過招呼，更別提互相送禮物了。

我爸說，「安啦！下次見面記得問一聲、說聲謝，不要只顧著吃下肚。」

我弟偷偷對我說，「對啊！下次最好出現一疊遊戲卡！」

阿嬤則習以為常，大方享用鄰居親友的「愛心」。

5

阿嬤和阿公老家有幾個固定的「約會日」：祖先祭日，清明、端午、中秋三節和除夕。

阿嬤都會帶我們回去拜拜，但她通常行事匆匆——迅速擺好供品、燒香拜拜、焚燃紙錢後，就催促我們趕快收拾東西，回家！

她很少和其他回老家拜拜的親戚交談，這使得我幾乎沒機會搞清楚張家那些多如牛毛的親戚誰是誰。

我想，她是有些陌生吧！因為幾十年來，她沒有和這些家人真正相處過；還有就是那則「她回來定居就是想分家產」的傳言，更讓她恨不得別出現在大家面前。

但想也知道，那是不可能的——除非大家的清明節不在同一天，或是祖先過世的日子不一樣（根本就是天方夜譚嘛）！

那次，阿嬤只帶著我去拜拜。我們照例準備「快閃」時，一個姆婆之類的親戚幾乎是衝過來，伸長手攔著我們，堅持她兒子開車順路，要送我們回家。

我是很高興啦！因為那天東西真的很多。

阿嬷幾乎是被姆婆和我推上車，接著只得很勉強的介紹我們雙方認識：這是阿公第六個哥哥的太太，我要叫「六姆婆」；開車的那個是她的第二個兒子，也就是我的堂伯。

姆婆和我打過招呼後，就連聲向阿嬷抱怨，「阿足，妳回來也不和大家多講講話……多少年了，妳還是那麼靜喔！阿成（我阿公）和妳都是一個樣子！」

不等阿嬷應聲，她繼續自顧自的說：「妳六叔是最反對讓阿成去台北的，他說這小弟太老實，怕出外會被人家欺負。阿成要去台北的前一個晚上，他嘆氣嘆了整晚；他怨恨自己雖是哥哥，

卻保護不了弟弟。」

我可以想像和她同在後座的阿嬤，此刻表情有多尷尬；我於心不忍，轉頭解救阿嬤，「六姆婆，那雞腿是妳滷的，對不對？」

「對啊！妳沒說，我都忘了。透早（閩南語「一大清早」之意）起來抓雞、殺雞，還給小叔補了襪子。」六姆婆回憶過往，「阿成臨出門前，我正要去蓋便當盒時，卻發現兩顆滷蛋不見了！」

「為什麼？」我好奇的問。

六姆婆又好氣又好笑，「還不是阮那個餓鬼老大，聞到香味馬上起床，摸到廚房裡偷吃那兩顆蛋！我氣得拿竹掃把揍了他一頓！」

她連珠炮似的說：「後來聽說阿足竟跟著一起去，我心想只帶一隻雞腿怎麼夠？愈想愈生氣，又把老大逮過來，繼續打一頓！」

「還說呢！挨打的雖然不是我，但我到現在都還記得阿母從來沒有像那天早上那樣凶狠過。」開車的堂伯忍不住插嘴，「至少大哥吃的不是那隻雞腿嘛！」

想不到雞腿的故事還有如此令人意外的續集，無端連累無辜的大堂伯，使他度過生命中難忘的上午……顧不得阿嬤的尷尬處境，我在車上哈哈大笑起來，六姆婆和二堂伯的嘴角也掛著一抹微笑——看來老爸返鄉尋根這步棋不只影響了阿嬤，我也有所收穫呢！

阿嬤種的蔬菜中，我要特別介紹地瓜葉；並不是因為它最好吃、有美容功效或極具營養，而是因為摘地瓜葉根本就是一種苦

刑！又要挑、又要揀、又要摘、又要掐，搞了老半天，煮一煮還吃不到多少！

每次我都會請老媽來幫忙，讓她嘗嘗母女相互陷害的滋味。

「阿珍啊，妳住到我們鄉下，一定很不習慣吧？」某天正在挑地瓜葉時，阿嬤突然語重心長的對我媽說。

「啊！呃……」老媽一副被雷打到的表情，連話都說不出來；我在一旁為她捏了把冷汗——因為這表示心事被說中了嘛！

但阿嬤語氣平靜，「這裡不熱鬧又不方便，妳連個說話的人都沒有……」

「不會啦！媽，妳別想太多。」媽媽終於回過神來，順暢的說出話。

阿嬤望著媽媽的眼睛，「想家的話，妳也可以回去走走啊！」

「媽，我知道。」媽媽笑得溫柔，「其實要搬回來的事，阿興從二、三年前開始，就和我討論過很多次了。剛開始我也怕自己不習慣，可能因為很少踏出台北，才會對於不熟悉的地方感到害怕；可是和阿興搬回來住後，我才發覺這裡也很好：居民和善、地方大、車子少，孩子可以自由從事戶外活動。起初是有點

無聊，但我現在也交了很多新朋友。」

說到這裡，老媽又別有意味的看了我一眼，我不禁慚愧的低下頭——因為，曾憶婷這學期當上康樂股長，最近正拿著畢業旅行行程來「騷擾」她。

「我覺得可以認識台北以外的地方，真的很好。」媽媽的語氣聽來頗為真誠，「我開始了解阿興為什麼想回來這個父母長大的地方。」

沉靜了半晌，阿嬤又說，「只是難為妳了，阿珍。」

「哪會？現在交通那麼方便，要到哪裡逛街買東西都不是難事啦！」媽媽眼睛發亮，有點得意又有點難為情的說。

「阿嬤，妳以前在台北會想家嗎？」我好奇的問。

「想喔！怎麼不想？」憶起往事的阿嬤嘴角帶笑：「我那時在迪化街幫傭，每天要在灶腳（閩南語指「廚房」）煮一天兩頓、一家二十三個人的飯，常常連汗都來不及擦。下午要到河邊洗兩大桶衣服，還得邊哄三個愛哭又調皮的小孩……我怎能不想家呢？」

她搖搖頭，繼續說道：「最、最想家的一次，是有一年快過年時，上台北的同鄉說阮阿母在豬圈跌倒了。原來阿母怕小豬被

母豬壓著會悶死，想趕母豬起身；想不到母豬突然發狂橫衝直撞，撞倒她後又狠狠踩斷她的小腿骨……」

阿嬤深吸了一口氣，「我那天好想馬上回家，但快過年了，辦年貨的人多、店裡也忙，老闆娘不准假；加上又沒有電話可以打回家……還好有妳阿公在旁邊陪我，不然我真的難過到要跳淡水河。但我還是連哭了兩個晚上。」

聽完阿嬤的故事，我和老媽對看一眼，默默無語。

「你們家好大唷！」姨媽一進門就驚呼出聲。她特別排了幾天假下南部來看我們一家；不過我們都心知肚明，她最擔心的就是她妹妹——也就是老媽啦！

「對啊，以前看到喜歡的東西都想買，但常常擔心家裡放不下；現在不用煩惱這個問題了。」什麼跟什麼嘛！想不到我媽會用這種說詞。這是不是也算三句話不離「本行」啊？

她掩不住滿臉得意，「妳快上樓看看我新買的貴妃椅。打三折時買到的呢！」

晚餐餐桌上，姨媽和老媽仍然熱烈討論各自的購物心得，逛街、網拍、電視購物……真讓人大開眼界。大肆購買喜歡的東西，果真是一件令人血脈賁張的事啊！我心中真是由衷的感佩。

姨媽還說台北最近開通了一條新捷運線，直接從地下就和購物中心共構。那家購物中心超大、超舒服，專櫃超多、商品超精美；也就是說，只要搭上某某線捷運到某某站，整天不出站都不會膩！

真是一個如魔術般神奇的世界啊！那個什麼都有，讓姨媽和

老媽都陶醉不已的台北。

我腦海中浮現的畫面卻是五十年前，我阿嬤和憶婷阿嬤每天早上結伴去放牛時，在路口羨慕的看著要去上學而經過身邊的同學。那時她們的心裡，是不是也想要一個馬上讓口袋有錢，讓她們將註冊費送給凶巴巴的老師，使她們有臉重新踏進學校的魔術呢？

6

帶著兩大袋有機南瓜和山藥，在不停和我媽討論下次要去哪裡買東西的吱喳聲中，姨媽興高采烈的回台北了。

送走大包小包的姨媽，阿嬤直說看不出她這麼「粗勇」，絲毫不輸當年腳還未受傷的阿祖。「我和你們阿公在台北結婚時，阿祖曾一個人帶著一隻活雞、一大包米、一床棉被外加一個大西瓜，上台北看我們呢！」阿嬤嘴角含笑的描述。

喝！光想像那畫面，就教我佩服得五體投地。但曾經這般勇

猛的我的阿祖，卻似乎愈來愈不靈光了。

她原本就非常節儉。據表姊說，如果洗手時多抹一下肥皂，就會被她用食指重彈額頭；家裡人有些小病痛時，千萬得瞞著她——因為阿祖會拿面速力達母當神藥用，不但醫頭痛、燙傷、腹痛、刀傷、眼睛長膿包，甚至連肚子痛也會被阿祖指示擦一些面速力達母！如果因為這些小病痛去看醫生，就會被阿祖罵浪費。

更糟的是，她最近把阿嬤帶回去的東西當作寶貝，嚴密的收藏起來，再三強調「這是阮阿足從台北帶回來給我用的」，禁止其他人靠近！如果是一些不會壞的日用品及藥品也就算了，令人頭痛的是就連會餿掉的食物，阿祖也收到床底下「珍藏」，搞得房間都是令人難受的異味，任誰來勸都沒用。

這當然不是阿嬤的本意，她只好選一些不會壞掉的東西送阿祖，純粹讓老人家高興一下。

現在每個星期五晚上，在補習班上完數學後，我都會繞到村

民活動中心，等阿嬤上完識字課一起回家——其實，我是來「監視」她的。

才上了幾個星期的課，她已經好幾次要打退堂鼓：「讀冊沒用啦！我年紀都那麼大了。」、「我很忙，又要顧菜園、又要顧阮阿母。」、「很丟臉耶！我已經快要念輸班上那幾個年輕的越南女孩，她們嫁來這裡也不過二、三年。」、「我沒伴啦！阿好都念到高級班，我還留在初級班。」

軟硬兼施下，我們還是照時送阿嬤去上課。我爸說，如果能看懂簡單的字，阿嬤可以有多一點休閒或興趣；我也覺得多了解一些知識，她應該就不會那麼害羞吧！

輕聲停好腳踏車後，我走近後頭的窗戶——擺設簡單的教室裡，阿嬤挺直腰板坐著，旁邊是每次都來陪她的憶婷阿嬤。兩個老太太戴著老花眼鏡，緩慢跟著老師念誦黑板上的生字。仔細一

看，兩人在桌面下還手牽手呢！

「我們已經說好下次要去報名長青土風舞，比較趣味。」我想到憶婷阿嬤最近大放風聲：「我們的青春，正當要開始呢！」

看來，阿嬤不只在故鄉甲埔尋回自己的根，似乎還找到向前走的力量呢！這樣真好，不是嗎？

照老媽說，我爸根本就是走火入魔，無可救藥──他愈來愈常往河邊跑，連休假日全都用上了也嫌不夠，還請假去護溪！

如果不是因為一時失察，被他以「參加社區志工服務對高中申請入學大有幫助」為由說動，而親眼看到河川巡守隊在位處深山的內甲溪畔執行任務，我還真不知道老爸「著魔」得有多嚴重。

我們坐了兩小時卡車、走了四十分鐘山路，接著像傻瓜般，搬動河岸的大石頭往河裡扔，一遍又一遍。

厚！當初秦始皇奴役人民建造萬里長城，想必也不過如此！我邊搬邊臭罵，早知道像老弟那樣，假裝睡過頭叫不起來，就可以不用參加這個什麼環境生態社區志工服務！但現在講這些都太遲了。

我那不識相的老爸還拚命照相：「一定要將相片放在入學申請的檔案裡。」

搞不好還沒申請，我就累死在這裡了……我火大的想著。

「內甲溪的上游曾是台灣鬼勾子魚的家。」老爸大概看我悶不吭聲，突然說

了這麼一句。

「……」不是我不屑，而是早已沒力氣回答。

老爸毫不介意，繼續解釋：「我們依照指定位置丟進河中的大石塊，是要堆成減緩水流速度的石堆，慢慢的在內甲溪中游構築『魚道』，一條讓台灣鬼勾子魚回家的路。多年來，在內甲溪上游孵化的鬼勾子魚群游往下游，等到長大成熟，得再返回上游產卵、繁衍後代；但之前的大規模整治反倒破壞生態，讓河水太湍急、太『乾淨』，鬼勾子魚群因此回不了家。」

一旁的巡守隊隊員接著說：「我們將石頭堆在河道裡，就是

想形成一些合適地點，讓返家的鬼勾子魚在漫長旅程中躲藏、休息、覓食，甚至是產卵。這次巡守隊招募大批志工，就是想利用人力，重新鋪設鬼勾子魚回家的路。」

哼！什麼鬼勾子魚回家的路？那到底干我什麼事？我現在累得只想知道我張媛品回家的路在哪裡！我怨恨的將一塊重到不行的大石頭，用腳踹入水中。

「像這樣弄，要弄到什麼時候啊？」我不耐煩的抱怨。

「還早咧！少說也要再做半年。」老爸兩手一攤，無奈說道。

別說半年，連半分鐘我都做不下去！我差點就要嚷出心聲，但看到巡守隊員們無怨無悔汗溼的臉，只得強壓下來。

「阿嬤回家的路，可是走了五十幾年，還沒走到呢！」彷彿看穿我的不耐，老爸盯著我的眼睛，幽幽說道。

我腳下的石頭鬆動，好像猶豫了一下，過沒幾秒鐘便歪斜滾入水中。溪裡的水「啪啦」的濺了起來，激出一大片混濁。

我懂了。

這是「魚道」。

是老爸為阿嬤鋪的「魚道」。

我看著他，突然明白一切事情都是他老早就安排好的。從一年前，不，我想從好幾年前，他就打定主意要搬回甲埔——不只阿嬤，他的計畫還包括全家。

我得說我這老爸，真不是普通的瘋狂，不是嗎？

「你是故意回甲埔的，對不對？你今天也是故意帶我來這裡，對不對？」

對於連珠炮似的發問，老爸只是不太明顯的點了點頭。

「該不會連所謂的輪調，也是個幌子吧？」

老爸沉默了一會兒才開口，「我的確想送阿嬤回來甲埔。她

年輕時和阿公在從來都沒有習慣過的異鄉打拚，只為了飽餐一頓而忍耐，辛苦工作了許多年。她好不容易熬過來，卻也老了，需要我們照顧；加上阿公又走了，她更不可能離開我們，自己回來甲埔……但是除了這個，還有別的理由，妳現在或許難以體會吧！做這些安排時，我心裡想的不僅是阿嬤一人；可我擔心在一年前，怎麼解釋，你們也不會懂……」

「那，你沒有想過媽媽或許會不適應？」我想到剛到甲埔時，好幾次為了小事而抓狂的老媽。

老爸笑著點頭，「當然會擔心。但我說服她用一年的時間試試看，若真不習慣，我們並不是不可能再回台北。她的反對，是因為怕自己不習慣，這非常自然。但妳瞧她現在，不是適應得滿好的？」

這我倒同意，「也對……可是，還有我和弟弟啊！」

「這的確是我為你們做的決定，因為不可能將你們丟在台北。但等你們大到可以做決定時，不管選擇搬到哪裡，我和媽媽都會樂觀其成。我只希望在未來的日子裡，你們會為自己除了台北之外，還有其他選擇而感到幸運。」

聽完老爸的「告白」，來這裡做苦工的事好像也沒那麼難以

忍受，但我還是起了個邪惡念頭，揚起奸詐的笑容，「爸，我們下次將媽媽和弟弟也弄來這裡吧？鋪設魚道很好，非常有意義啊！」

「嗯，妳弟比較簡單……媽媽的話，呃……我可能需要你們的幫忙。」老爸竟然認真思考這件事，「有些人需要較長時間來改變……」

想到老媽如果到深山裡，那副拚命揮趕蚊子的緊張模樣，我不禁覺得這可能是件不亞於把家搬回甲埔的大工程吧！「但老媽一定會覺得值得的！」不試怎麼會知道呢？我是真的這麼想。

好清楚的地平線。

上完輔導課的黃昏，我喜歡慢慢整理書包，故意落在最後離開教室。一個人騎單車回家，迎著西落的夕陽，平原開闊的視野常讓我忘神。發呆也行，沉思也行，總之這是獨屬於我的時光。

冷不防的，一輛變速越野車「咻」的逼近我並急速超車，情勢驚險，我怪叫一聲，差點失去平衡倒入路旁稻田。

「台——北來的喔——」越野車上的男孩回頭挑釁的看我一

眼，加速消失在我眼前。

好像是七班那幾個朝會時，排在我們後面的男生之一吧！我對他有點印象。可惡！如果不是腳踏車性能太差，我一定會追上去超車！害我平白受了一番驚嚇，你給我記住了！

台北來的。台北來的？

沒錯，我的確從這個人人注目的地方搬來，但此時此刻，那個地方卻好像已經離我很遠——可能是因為我在台北以外的地方，這個地圖上的無名角落，探索到許多形成我們一家命運的精采故事吧！

如果我沒有回來這裡，如果我沒有在這裡重新認識阿嬤，還知道這麼多左右她十六歲以後人生的大小事件，我敢說，就算世界上還是有張媛品這個人，但她的人生可會黑白不少哩！

我想起歷史老師曾說過，人類的歷史由一段段旅途組

成：有意的、無意的，主動的、被動的，有史以來，人似乎不斷在遷徙。對啊！我想到阿嬤從甲埔到台北，又從台北到甲埔；她的祖先從大陸福建來雲林；更老的祖先又從大陸不知名之處到了福建……

當遇到生命中難以回答的問題時，離開原地、重新開始，也是一種尋找答案的方式吧！就像阿嬤，就像歷史上許多自願或非自願離開家的人。

就像曾憶婷，再過幾年，我一定鼓勵她親自啟程去台北，為她的夢想尋找答案。

如果她是魚，台北就是她心目中的大海吧！誰知道這些「阿嬤」或「曾憶婷」們，一個個，什麼時候想要洄游呢？

幾天後，阿祖在睡夢中過世了。

大舅媽說，阿祖臨終前幾天，叨念著要上街買一條包斗笠的布巾。

「可要挑漂亮一點的，」家裡的人一直聽到阿祖自言自語，「阮阿足明天就要上小學讀冊了，要給她包書本用。我答應過

她，等那幾隻豬囝仔賣了錢，有空就要上街去給她買的……」只是阿嬤再也無福享受阿祖的母愛了。

大年初一，在阿公老家親戚輪番的電話邀請下，我們決定參加家族的新年聚會。

海鮮餐廳的大包廂裡，坐了滿滿五桌，還附贈免費卡拉OK；有人起鬨唱一首歌就賞紅包一百元。

這有什麼難的？我不客氣的將歌本和遙控器接過來，點好歌後就開口當第一炮：

借問播田的田庄阿伯啊，
人塊講繁華都市台北對叨去，
阮就是無依偎可憐的女兒，
自細漢著來離開父母的身邊，
雖然無人替阮安排將來代誌，
阮想要來去都市，做著女工度日子，
也通來安慰自己心內的稀微……

（引自葉俊麟先生（1921～1998年）創作的〈孤女的願望〉第一段歌詞）

這是我從阿嬤的收音機偷學來的老掉牙骨董歌。老雖老，但你不覺得這歌詞寫得真是太棒了嗎？根本就是在說阿嬤啊！還有許多當年離鄉背井的台灣鬼勾子魚老先生和老太太們！

「來賓請掌聲鼓勵！」下一個要唱的人鼓噪著。

在餐廳滿滿五大桌伯叔嬸堂兄弟姊妹中，我只看到阿嬤的眼睛，在笑意中閃啊閃的……

——全文完

國家圖書館出版品預行編目資料

魚道 / 賴小禾著；蔡嘉驊圖.
- - 初版. - 台北市：幼獅, 2011. 12
面；　公分. --（多寶槅；177）

ISBN 978-957-574-849-4（平裝）

859.6　　　　100020357

・多寶槅177・文藝抽屜

魚道

作　　者＝賴小禾
繪　　者＝蔡嘉驊
出 版 者＝幼獅文化事業股份有限公司
發 行 人＝李鍾桂
總 經 理＝廖翰聲
總 編 輯＝劉淑華
主　　編＝林泊瑜
編　　輯＝黃淨閔
美術編輯＝李祥銘
總 公 司＝10045台北市重慶南路1段66-1號3樓
電　　話＝(02)2311-2832
傳　　真＝(02)2311-5368
郵政劃撥＝00033368

門市
・松江展示中心：10422台北市松江路219號
電話：(02)2502-5858轉734　傳真：(02)2503-6601
・苗栗育達店：36143苗栗縣造橋鄉談文村學府路168號（育達商業科技大學內）
電話：(037)652-191　傳真：(037)652-251

印　　刷＝祥新印刷股份有限公司
定　　價＝220元
港　　幣＝73元
初　　版＝2011.12
書　　號＝984145

幼獅樂讀網
http://www.youth.com.tw
e-mail:customer@youth.com.tw

行政院新聞局核准登記證局版台業字第0143號

幼獅文化公司／讀者服務卡／

感謝您購買幼獅公司出版的好書！
為提升服務品質與出版更優質的圖書，敬請撥冗填寫後（免貼郵票）擲寄本公司，或傳真（傳真電話02-23115368），我們將參考您的意見、分享您的觀點，出版更多的好書。並不定期提供您相關書訊、活動、特惠專案等。謝謝！

基本資料

姓名：……………………先生／小姐

婚姻狀況：□已婚 □未婚　職業：□學生 □公教 □上班族 □家管 □其他

出生：民國……年……月……日

電話：（公）……（宅）……（手機）……

e-mail：……

聯絡地址：……

1.您所購買的書名：**魚道**

2.您通常以何種方式購書?：□1.書店買書 □2.網路購書 □3.傳真訂購 □4.郵局劃撥
（可複選）　□5.幼獅門市 □6.團體訂購 □7.其他

3.您是否曾買過幼獅其他出版品：□是，□1.圖書 □2.幼獅文藝 □3.幼獅少年
□否

4.您從何處得知本書訊息：□1.師長介紹 □2.朋友介紹 □3.幼獅少年雜誌
（可複選）　□4.幼獅文藝雜誌 □5.報章雜誌書評介紹……報
□6.DM傳單、海報 □7.書店 □8.廣播(　　)
□9.電子報、edm □10.其他……

5.您喜歡本書的原因：□1.作者 □2.書名 □3.內容 □4.封面設計 □5.其他

6.您不喜歡本書的原因：□1.作者 □2.書名 □3.內容 □4.封面設計 □5.其他

7.您希望得知的出版訊息：□1.青少年讀物 □2.兒童讀物 □3.親子叢書
□4.教師充電系列 □5.其他

8.您覺得本書的價格：□1.偏高 □2.合理 □3.偏低

9.讀完本書後您覺得：□1.很有收穫 □2.有收穫 □3.收穫不多 □4.沒收穫

10.敬請推薦親友，共同加入我們的閱讀計畫，我們將適時寄送相關書訊，以豐富書香與心靈的空間：

(1)姓名……e-mail……電話……

(2)姓名……e-mail……電話……

(3)姓名……e-mail……電話……

11.您對本書或本公司的建議：

廣　告　回　信
台北郵局登記證
台北廣字第942號

請直接投郵　免貼郵票

10045　台北市重慶南路一段66-1號3樓

幼獅文化事業股份有限公司 收

請沿虛線對折寄回

客服專線：02-23112832分機208　傳真：02-23115368

e-mail：customer@youth.com.tw

幼獅樂讀網http：//www.youth.com.tw